Pétillon
L'ENQUÊTE CORSE

JACK PALMER

Glénat

Du même auteur

Chez le même ÉDITEUR :
LES AVENTURES DE JACK PALMER
- Une sacrée salade
- Mister Palmer et Docteur Supermarketstein
- La dent creuse
- Les disparus d'Apostrophes
- Le chanteur de Mexico
- Le prince de la BD
- Triple embrouille pour Jack Palmer
- Le pékinois
- Un détective dans le yucca
- Narco-dollars
- Un privé dans la nuit
- L'affaire du top model
- Le meilleur et le pire de Jack Palmer
- L'enquête corse
- L'inchiesta corsa (*L'enquête corse* en v.o.)
- L'affaire du voile
- L'affaire du voile (édition en arabe)
- Enquêtes en série
- Enquêtes puissance 4

LE CHIEN DE BASKETVILLE
LA FIN DU MONDE EST POUR CE SOIR
BIENVENUE AUX TERRIENS
L'ANNÉE DU TAG
LA CONJONCTURE EST GÉNÉRALE
EN PLEIN DANS LE POTAGE
C'EST L'ÉPOQUE QUI VEUT ÇA
ON AURA TOUT VU
ÇA VA FAIRE M@L.COM
LE MEILLEUR DE PÉTILLON
ON FAIT COMME ON A DIT
L'ENQUÊTE CONTINUE
BONS BAISERS DE CORSE ET D'AILLEURS
VOUS PENSEZ À QUOI EN CE MOMENT ?
SORTIE DES URNES
SÉGOLÈNE ?

Aux éditions LES ARÈNES/GLÉNAT :
L'INTÉGRALE CORSE

Aux éditions DRUGSTORE :
Avec Yves Got :
LE BARON NOIR

Avec Jean-Marc Rochette :
PANIQUE À LONDRES
SCANDALE À NEW YORK
TRIOMPHE À HOLLYWOOD

Aux éditions DENOËL :
FOLLE AMBIANCE
ENCORE RATÉ !
CALME ÉLYSÉEN
L'AN 2000 M'INQUIÈTE

Aux éditions HORS COLLECTION :
JUPPÉ ME STIMULE

Aux éditions DARGAUD :
LES AVENTURES DE JACK PALMER
    Enquête au paradis
J'Y SUIS !
SARKORAMA

Avec Florence Cestac :
SUPER CATHO

www.glenat.com
© 2000 Éditions Glénat
Couvent Sainte-Cécile - 37, rue Servan - 38000 Grenoble
Tous droits réservés pour tous pays.
ISBN : 978-2-7234-6942-5 / 007
Achevé d'imprimer en France en octobre 2018 par Pollina Fastline - 2399
sur papier provenant de forêts gérées de manière durable.

— J'AI ENTENDU DIRE QUE VOUS VOULIEZ CONTACTER ANGE LEONI...

— J'AI UNE PETITE INFORMATION QUI POURRAIT VOUS INTÉRESSER...

— CETTE RÉUNION A POUR BUT DE METTRE FIN AUX QUERELLES FRATRICIDES...

— JE CONSTATE AVEC SATISFACTION QUE TOUS LES MOUVEMENTS SONT REPRÉSENTÉS À L'EXCEPTION PRÉVISIBLE DES JUSQU'AU-BOUTISTES DE LA RECONCOCTÉE

— ET DES LAIDERONS HYSTÉRIQUES DES FEMMES CORSES CONTRE LA VIOLENCE !

— MA SŒUR EST AUX FEMMES CORSES CONTRE LA VIOLENCE

TOUT D'ABORD, JE PENSE QU'IL EST NÉCESSAIRE DE DÉFINIR UNE POSITION COMMUNE SUR LA QUESTION DE LA VIOLENCE
ET SUR CELLE DE L'AVENIR DE L'ÎLE !
ÉCOUTE, C'EST DÉJÀ SUFFISAMMENT COMPLIQUÉ !
JE PROPOSE DE DIRE QUE NOUS CONDAMNONS LA VIOLENCE MAIS PAS LES AUTEURS
AH ! J'AIME BEAUCOUP !
C'EST BIEN TROUVÉ !
ET ÇA A LE MÉRITE D'ÊTRE CLAIR !
ÇA TE PLAÎT FIGOLI ?
ET JE PROPOSE D'ANNONCER DÈS DEMAIN UNE TRÊVE IMMÉDIATE DES ATTENTATS
ÇA NE PEUT PAS ATTENDRE UNE JOURNÉE ? NOUS AVONS UN PETIT QUELQUE CHOSE DE PRÉVU LA NUIT PROCHAINE...
EN RETOUR, NOUS EXIGEONS DU GOUVERNEMENT QU'IL ENTAME DES NÉGOCIATIONS AVEC LES MOUVEMENTS REPRÉSENTATIFS
ET QUI EST REPRÉSENTATIF ?
TOUS LES GROUPES ! À L'EXCEPTION DES FILS DE PUTE DE LA RECONCOCTÉE !

— MON FRÈRE EST À LA RECONCOCTÉE

— POUR TERMINER SUR UNE NOTE CONSENSUELLE, JE PROPOSE D'EXIGER QUE L'ÉTAT FRANÇAIS DÉCRÈTE UNE AMNISTIE POUR TOUS LES FAITS LIÉS À LA LUTTE POUR L'INDÉPENDANCE

— DÉLITS FISCAUX COMPRIS !

TOC TOC

— MAIS C'EST CE FOUINEUR DE DÉTECTIVE !!

— TU CHERCHES QUELQUE CHOSE ?

— ON M'A DIT QU'UN REPRÉSENTANT D'ANGE LEONI SERAIT ICI CE SOIR

- UN ESPION DE LEONI PARMI NOUS!
- FIGOLI... ON T'AURAIT APERÇU LE MOIS DERNIER À SAGONE AVEC LUI...
- CETTE HISTOIRE EST FAUSSE! CE JOUR-LÀ, J'AI JOUÉ AUX CARTES AVEC SPADONI!
- MOI, JE VOUS DEMANDE À TOUS SI ON PEUT FAIRE CONFIANCE À QUELQU'UN QUI A UN FRÈRE À LA RECONCOCTÉE
- AAAAAAH! JE VAIS DEVENIR ACTEUR DE VIOLENCE!!

PAN PAN PAN PAN PAN

- ÇA ME PARAÎT TRÈS CLAIR: C'EST UN MEMBRE DE LA RECONCOCTÉE QUI VOUS A RACONTÉ CE BOBARD... HISTOIRE DE SABOTER LA RÉUNION

- LEONI, C'EST UN SUJET SENSIBLE... SES MULTIPLES DÉTOURNEMENTS DE FONDS NATIONALISTES ONT BEAUCOUP MARQUÉ LES ESPRITS

- QUI A TIRÉ LE PREMIER?
- JE N'AI RIEN VU
- VOUS AVEZ VITE PRIS LE PLI LOCAL

42

Panneau 1:
RÉPUBLIQUE FRANÇAISE
ON RECHERCHE
J. TARDI — B. LEANDRI — J.C. ANSALDI
— — J.M. SAULI

CHANGEMENT D'INSTRUCTIONS : ON RECHERCHE À NOUVEAU ANGE LEONI ! FOUILLEZ PARTOUT ET METTEZ LE PAQUET !

Panneau 2:
LES FORCES DE L'ORDRE REPARTIRENT DONC EN CHASSE

— VOUS N'AVEZ PAS VU LEONI PAR ICI ?
— NON ! ET ÇA VAUT MIEUX POUR LUI !

Panneau 3:
NE NÉGLIGEANT AUCUNE PISTE...

— DES CAGOULES, DES ARMES, DES EXPLOSIFS... RIEN D'ANORMAL...

Panneau 4:
MÊME LES PLUS IMPROBABLES...

ARTISANAT

— ANGE LEONI ? JE N'EN SAIS PAS PLUS QUE LE FLIC QUI VOUS SUIT.

Panneau 5:
CEPENDANT, QUELQUE PART DANS LE MAQUIS, UN BERGER INCONNU VAQUAIT À SES TÂCHES SAISONNIÈRES...

Panneau 6:
CET ACTE BIEN INNOCENT ALLAIT ÊTRE LOURD DE CONSÉQUENSES...

Case 1: CAR CET HOMME DÉRANGÉ DANS SA RETRAITE SYLVESTRE N'EST AUTRE QU'ANGE LEONI !!
- ENCORE UN COUP DU BERGER INCONNU !

Case 2: IL Y A UN MANQUE D'ESPRIT CIVIQUE SUR CETTE ÎLE !

Case 3: LA POLICE SURVEILLE SA MAISON... CELLES DE SA FAMILLE... CELLES DE SES AMIS...
- C'EST DU HARCÈLEMENT POLICIER !

Case 5:
- ANGE LEONI !!
- J'AI LES FLICS AUX FESSES

Case 6: TU NOUS AS TRAHIS ! VOLÉS ! HUMILIÉS ! TU ES UN POURRI ! UNE ORDURE INFECTE ! UN ÉTRON PUANT À EXPLOSER À LA CHEVROTINE !

Case 7:
- MAIS JE RESPECTE LES LOIS DE L'HOSPITALITÉ CORSE ! ENTRE SOUS MON TOIT, TU ES SACRÉ
- À LA BONNE HEURE !

— C'était fameux ! Ça appelle une petite fine et un bon cigare !...

— Je prendrai le petit déjeuner au lit... Café, croissants, panettas et miel du maquis.

— Encore un peu de café, c'est possible ?... Qu'est-ce que tu nous fais à déjeuner ?

— Figoli, c'est Leoni, j'ai les flics aux fesses... Je suis l'hôte de Furibardi mais je ne veux pas abuser...
— Je te demande l'hospitalité...
— Tu peux venir me chercher en voiture vers 8 heures ?

Après une dizaine de jours de ce régime, les nerfs à vif, les principaux chefs indépendantistes se réunirent en cellule de crise.

LEONI ABUSE !
— Je l'ai encore eu hier ! Pour la troisième fois !
— Et il a un sacré appétit !
— Il n'est toujours pas venu chez moi...
— Quand on connaît la cuisine de ta femme...

— On ne va tout de même pas fermer nos maisons et se tirer tous dans le maquis !

— Ma femme menace de partir chez sa sœur à Marseille...

— Je ne vois qu'une solution : que l'un d'entre nous se porte volontaire pour descendre Leoni en violation des lois de l'hospitalité...
— ...Bien entendu ensuite, nous devrons l'exécuter...

| Panel 1 | Panel 2 | Panel 3 |

Panel 1: LE MANÈGE DE LEONI N'ÉTAIT PAS PASSÉ INAPERÇU DE LA RECONCOCTÉE QUI SE RÉUNIT EN ASSEMBLÉE GÉNÉRALE...

— J'AI APPRIS QUE LEONI SERA CHEZ FULMINI CE SOIR À 8 HEURES... SI LES FLICS SONT AVERTIS, TOUT LE MONDE PENSERA QU'IL A ÉTÉ TRAHI PAR SON HÔTE... C'EST TRÈS MAL VU PAR L'OPINION ET ÇA VA SEMER LA ZIZANIE CHEZ NOS ADVERSAIRES

Panel 2: — PAS SÛR QUE LA POLICE SE DÉPLACE SUR UNE INFORMATION ANONYME... ILS EN REÇOIVENT DES DIZAINES PAR JOUR... DES FARCEURS, DES MYTHOMANES, DES TOURISTES...

Panel 3: — J'Y AI PENSÉ! MAIS IL Y A NOTRE DÉTECTIVE PARISIEN! IL EST FILÉ 24 HEURES SUR 24 PAR LES FLICS... SI ON LUI DIT OÙ EST LEONI, IL LES Y CONDUIRA TOUT DROIT!
— C'EST BIEN TORDU, ÇA ME PLAÎT!

Panel 4: — MAIS TOUT BALLOT QU'IL SOIT, IL S'EST PEUT-ÊTRE APERÇU QU'IL EST SUIVI ET IL SE POURRAIT QU'IL REFUSE DE PROVOQUER L'ARRESTATION DE LEONI
— MMOUAIS... MIEUX VAUT INVENTER UN TRUC POUR LE FAIRE VENIR CHEZ FULMINI SANS LUI DIRE QUE LEONI S'Y TROUVE...

Panel 5: — MONSIEUR, VOUS ÊTES INVITÉ À DÎNER CHEZ GUSTAVE FULMINI, 4, RUE BONAPAPTE ENFANT, CE SOIR À 8 HEURES PRÉCISES
— ÉVIDEMMENT TU N'AS PAS PRIS LE CAMÉSCOPE!

Panel 6: — C'EST TRÈS AIMABLE MAIS JE SUIS FATIGUÉ...
— CE SOIR JE VAIS ME COUCHER TÔT

Panel 7: — JE ME PERMETS D'INSISTER

Panel 8: — J'APPORTE QUELQUE CHOSE?
— NON, VENEZ SANS ARME

EXCUSEZ MA SURPRISE MAIS MON MARI NE M'A PAS PRÉVENUE
ENTREZ, ENTREZ
VOUS CONNAISSEZ GUSTAVE DEPUIS LONGTEMPS ?
JE NE PENSE PAS
QU'EST-CE QU'ELLE NOUS A PRÉPARÉ, ANGÈLE ?
MAIS ...
DEVINEZ QUI JE VIENS DE VOIR !
QU'EST-CE QUE CE FOUINEUR DE DÉTECTIVE FAIT DANS MA MAISON ASSIS SUR MON CANAPÉ EN TRAIN DE BOIRE MON PASTIS ?!!
UN DÉTECTIVE !
GUSTAVE FULMINI, TU M'AS TRAHI !
ANGE LEONI, TU OSES ME MENACER D'UNE ARME SOUS MON TOIT !
JE VOUS PRÉVIENS, SI VOUS COMMENCEZ À VOUS DISPUTER ÇA VA ÊTRE TROP CUIT !
MONSIEUR LEONI, JE VOUS CHERCHE DEPUIS PLUS D'UN MOIS !
J'AI UNE LETTRE À VOUS REMETTRE DE LA PART DE MAÎTRE CUBIS, NOTAIRE À PARIS

— IL S'AGIT DE L'HÉRITAGE DE MON ONCLE DOUMÉ QUI EST MORT À PARIS EN JANVIER DERNIER

— PAIX À SON ÂME, C'ÉTAIT UN VRAI CORSE

— IL ME LÈGUE SA PART DE LA BERGERIE DE PIANU

— C'EST UNE BONNE CHOSE! LA CORSE DOIT RESTER AUX CORSES!

— ON PASSE À TABLE!

— CE 2/6e DE LA BERGERIE VA ME METTRE EN MEILLEURE POSITION FACE AUX LEONI D'AMONINGU QUI ME CONTESTENT LE 1/4e QUE JE POSSÈDE DÉJÀ

— ELLE A BEAUCOUP DE VALEUR CETTE BERGERIE?

— C'EST PAS LE PROBLÈME! C'EST UNE QUESTION DE PRINCIPES!

— LEONI! SORS LES MAINS EN L'AIR!

PAN
TU M'AS VENDU AUX FLICS !
TU M'INSULTES, LEONI !
JE CONNAIS LES RÈGLES DE L'HOSPITALITÉ
TAC TAC TAC TAC
PAN
OU DIRAIT QUE ÇA CANARDE CHEZ FULMINI
LES AFFAIRES DES VOISINS, ÇA NE NOUS REGARDE PAS
JE VEUX NÉGOCIER AVEC UN ÉMISSAIRE DU GOUVERNEMENT !
JE VOUS PRÉVIENS, J'AI UN OTAGE !
UN OTAGE ? QUEL OTAGE ?
VOUS REPRENDREZ BIEN UN PEU DE PULENDA ?
QUELQUES HEURES PLUS TARD...
SALE AFFAIRE !
TOUT IRA BIEN... IL SUFFIT DE SE MONTRER FERME
ATTENTION ! PAS D'ENTOURLOUPE !
LEONI VOYONS... JE NE SUIS PAS RAMBO
43

— COMMENT VONT TES ENFANTS, FULMINI ? — TRÈS BIEN, ILS SONT EN STAGE LINGUISTIQUE CHEZ LEURS GRANDS-PARENTS	— FAIS SORTIR L'OTAGE DE LA PIÈCE... CES GENS-LÀ NE SAVENT PAS TENIR LEUR LANGUE	— JE PEUX VOUS AIDER ? — AH ! JE VEUX BIEN... JE N'AI JAMAIS VU UN HOMME FAIRE LA VAISSELLE
— ALORS LEONI, QU'EST-CE QUE TU VEUX ? — JE VEUX ÊTRE INCARCÉRÉ EN CORSE ET REMIS EN LIBERTÉ DÉBUT OCTOBRE, MA FILLE SE MARIE LE 12	— NOUS N'AVONS PAS POUR HABITUDE D'ACCEPTER CE GENRE DE CONDITIONS MAIS DANS UN SOUCI HUMANITAIRE, POUR RAISONS FAMILIALES...	— J'AIMERAIS SORTIR DE PRISON DANS UNE ÎLE APAISÉE, DÉLIVRÉE DES LUTTES FRATRICIDES ET DES ATTEINTES À LA PAIX CIVILE...
— L'ÉTAT VERSERA DONC À MES ANCIENS COMPAGNONS DE LUTTE CETTE SOMME QUI COUVRE LES EMPRUNTS QUE J'AI DÛ LEUR FAIRE POUR MENER MON COMBAT CONTRE LA MAINMISE COLONIALISTE FRANÇAISE CLAC	— T'ES VRAIMENT GONFLÉ !	— ALORS SATISFAIT, LEONI ? — NOS IDÉES FONT LEUR CHEMIN...

UNE INDEMNITÉ COMPENSATOIRE FUT DONC VERSÉE AUX REPRÉSENTANTS DES GROUPES INDÉPENDANTISTES	MAIS LE PARTAGE POSA QUELQUES PROBLÈMES...

— JE SAIS BIEN QUE LÉONI A PIQUÉ DANS VOTRE CAISSE...
— MAIS IL L'AVAIT REMPLIE AVEC L'ARGENT QU'IL NOUS AVAIT VOLÉ !
— IL NOUS L'AVAIT VOLÉ AUPARAVANT !
— NOUS EXIGEONS PARTS ÉGALES !

LE LENDEMAIN, FIGOLI AVAIT UN PETIT ENNUI...

— S'ILS VEULENT LA GUERRE !...

PUIS CE FUT LA BOÎTE DE NUIT D'UN PROCHE DE LA CONCOCTÉE...

PUIS CELLE D'UN PROCHE DE CANAL INATTENDU...

— ÇA VA ÊTRE MORTEL LE SOIR

PUIS UN COMMERCE PROCHE DE CELUI D'UN PROCHE DE CORSA CORSICA...

— DES BONS À RIEN !! MÊME PAS FICHUS DE POSER UNE BOMBE AU BON ENDROIT !

PUIS LE RESTAURANT D'UN MEMBRE DU MILIEU PROCHE DE TOUT LE MONDE...

— SIX MOIS D'ÉCONOMIES RÉDUITS À NÉANT !

ET CETERA, ET CETERA...

— ON A FAIT SAUTER NOTRE DÉPÔT D'EXPLOSIFS !
— ÇA C'EST UN COUP BAS !

LIBÉRÉ À LA DATE PROMISE, ANGE LEONI PUT CONDUIRE SA FILLE À L'AUTEL

...MAIS DANS LA VIE D'UN COUPLE, IL Y A AUSSI LES MOMENTS DIFFICILES...QUAND L'ÉPOUX DOIT PRENDRE LE MAQUIS...

MAIS LA FÊTE FUT UN PEU GÂCHÉE...UN COUSIN D'AMONINGU AYANT ÉVOQUÉ L'AFFAIRE DE L'HÉRITAGE DE LA BERGERIE DE PIANU...

JE VAIS CHERCHER MON FUSIL !

...BERGERIE DONT VOICI UNE PHOTO RÉCENTE

L'INSTRUCTION DES PROCÈS LEONI EST EN COURS ET DEVRAIT PRENDRE DEUX BONNES ANNÉES SELON LES PRÉVISIONS LES PLUS OPTIMISTES

JE REGRETTE, MADAME LE JUGE, MAIS DANS CETTE AFFAIRE NOUS AVONS ÉGALEMENT UN ALIBI INATTAQUABLE

PALMER EST RENTRÉ À PARIS

ALORS, MON PAYS, TU L'AS TROUVÉ COMMENT ?

C'EST UNE ÎLE COMPLIQUÉE POUR UN CONTINENTAL

POUR UN CORSE AUSSI

PÉTILLON